清乾隆　茶葉末釉描金彩花卉紋缸

德善堂家族藏瓷珍品

PORCELAIN MASTERPIECES FROM THE DESHANTANG FAMILY COLLECTION

耿束昇　主編

Edited by Geng Dongsheng

文物出版社

Cultural Relics Press

清乾隆　仿雕漆描金團壽紋蓋碗(一對)

開 篇 的 話

德善堂家族以收藏精美珍貴的中國瓷器聞名於世。"德善堂"之齋名，取"修德積善爲居"之意，其家族成員遍布全球。

關於德善堂家族藏瓷，我想在此還是用世界兩大拍賣行的陶瓷權威專家，即佳士得的蘇玫瑰女士[1]、蘇富比的朱湯生先生[2]對德善堂家族藏瓷的評語作爲本篇的主要内容爲好。

蘇玫瑰女士在《德善堂家族珍藏》(二十七載藝海拾英)一書中寫下了如此評價：

"在過去的二十七年裏，德善堂家族委托佳士得和蘇富比拍賣的藝術珍品種類繁多，美不勝收……。所有的收藏家均知道，能榮登佳士得和蘇富比的拍賣圖錄封面者，必爲巧奪天工、世所罕見的藝術珍品。德善堂家族珍藏能十六次在佳士得和蘇富比拍賣圖錄封面上亮相，其藝術價值可見一斑……。毫無疑問，在亞洲的私人收藏家當中，德善堂家族珍藏的價值已備受肯定……。其中不少藏品，已成爲國際知名博物館和私人收藏家的珍藏。"

朱湯生先生在《關於德善堂收藏陶瓷珍品》一文中這樣寫道：

"自上世紀七十年代開始，香港逐漸成爲全世界中國藝術品市場的中心，在這之後的很長一段時期内，德善堂家族的瓷器收藏是被公認爲最好的……。她的藏品，極大地豐富了香港的藝術品拍賣市場，也不斷刷新改寫着新的紀錄，同時也是新一代收藏家中冉冉昇起的一顆耀眼的巨星。"

以上是國外權威專家的評語，但在中國，能請到中國國家博物館研究員、陶瓷專家耿東昇先生[3]作爲本書的主編，亦實屬不易。東昇雖説是我舊日同事，但他治學嚴謹，著述考究，爲博物館等單位編寫了許多重要的陶瓷書籍。他願作爲此書的主編，我想亦是他對德善堂家族藏瓷的贊美和褒獎。

本書共收錄德善堂家族珍藏陶瓷精品二十件，供給讀者，希望能得到大家的欣賞。

我與德善堂家族許多成員是多年好友，他們請我提筆捉刀寫前言，我想實不敢當，取名曰"開篇的話"爲妥，再用國内外陶瓷權威的評語作爲内容，可謂是"恰如其份"。

易蘇昊

戊子年 谷雨後三日於甌江草堂燈下

注：

① 蘇玫瑰女士——Mrs. Rose Mary Scott
   原英國維德博物館館長；原英國倫敦大學亞非學院博物館部部長；
   現英國佳士得拍賣公司中國藝術品部國際學術總監；英國大維德基金會主任會長。
   Formerly Percival David Museum Director; Formerly Percival David Foundation of Chinese Art Director;
   Formerly University of London S.O.A.S Museum Dept. Director; Chriestie's Manson & Woods Ltd. Chinese Art
   Dept. International Academic Director.

② 朱湯生先生——Mr. Julian Thompson
   原美國蘇富比亞洲地區主席，中國古代瓷器及工藝品資深專家
   Formerly Chairman, Sotheby's Asia

③ 耿東昇先生——Mr. Geng Dongsheng
   中國國家博物館研究員
   Researcher, The National Museum of China
   1997年北京大學考古系古陶瓷鑒定專業碩士研究生畢業。現任中國國家博物館研究員，保管一部文物征集室主任。
   1987年開始從事古代陶瓷研究與鑒定工作，主編有：《中國文物定級圖典(陶瓷篇)》一級品上卷、一級品下卷、二級品卷、三級品卷；《西藏博物館藏明清瓷器》；《中國國家博物館館藏文物研究叢書—瓷器卷》明代卷、清代卷；《中國陶器定級圖典》；《中國瓷器定級圖典》。

清康熙　黃釉葫蘆瓶(一對)

An Introduction

The Deshangtang family gained its fame for collecting rare and magnificent Chinese porcelain. The hall named as 'Deshangtang', means Hall of Virtous Benevolence, the family members are spread all around the globe. The hall is named after this international family with members who have provided some of the most important items of Chinese ceramics to have been sold at auction in the past twenty-seven years.

With regard to the collections of the Deshangtang family, I would like to cite from Mrs.Rose Mary Scott, and Mr.Julian Thompson remarks as a proper motif of this article, they are two authorities on chinaware from two of the wolrd's largest auction houses, Christie's and Sotheby.

Mrs. Rose Mary Scott appraised in *The Deshangtang Family Collections: A Selection from Twenty-five Years at Auction.* Over the past 27 years, the Deshangtang collection has assigned Christie's and Sotheby to auction numerous and gorgeous treasures. All the collectors are aware that for a piece to be chosen for the cover of the auction album by the Christie's and Sotheby, it must be an elaborate and rare master piece. The collection of the Deshangtang family collection has appeared a total of 16 times on the cover of the Christie's and Sotheby's auction catalogue, which clearly shows its enormous value. Needless to say that among private collectors in Asia, the Deshangtang family collection is widely recognized, with a number of their collections having been acquired by world renowned museums and private collectors.

Mr.Julian Thompson wrote in *Porcelain Masterpieces from the Deshangtang Collection*: The auction in Hong Kong has been at the centre of the world market in Chinese art since the 1970's and over a long period porcelains from the Deshantang collection have ranked among the very finest to have appeared there. At Sotheby's four outstanding pieces from the collection are particularly noteworthy; all were selected as 'cover lots'................Offerings from the Deshantang collection have greatly enriched the Hong Kong auction for more than twenty years and the pieces described here now play new roles as star pieces in the great collections formed by the new generation of collectors.

The above remarks are from world famous authorities in their field, however, in China inviting Mr Dongsheng Geng, a senior specialist in Chinese ceramics from the National Museum of China to be the Editor in Chief is no small task. Mr. Dongsheng Geng is prudent and precise in his studies, and has authored many works on Chinese ceramics. As Dongsheng was my colleague he kindly agreed to work with me on this project, and I believe it is indeed an honour not only for myself, but also to the collections of the Deshangtang family, that he is willing to be the Editor-in-Chief of this book.

This book has selected 20 pieces from the collections of the Deshangtang family, and in doing so it my express wish that they be enjoyed by all.

I am personal friends with many members of the Deshangtang family, and it is a privilege for me to be invited as the writer of this preface, however, as I have included within this preface many remarks, comments and insights from chinaware authorities from both China and abroad, I consider the term 'introduction' to be more fitting.

Suhao Yi

23/April/08

盡善盡美的明清景德鎮窰瓷器

耿東昇

瓷器是中國古代的偉大發明，是中華民族爲世界貢獻的巨大物質財富和珍貴的文化遺產。它是以天賜的瓷土，經陶工的精琢，烈火的洗禮塑造而成。

中國瓷器生產始於東漢，歷經隋唐、宋元時期的發展，至明清兩代瓷器生產更加昌盛。江西景德鎮以豐富的自然資源，良好的交通條件，嫻熟的製瓷技藝，在國內外市場需要的刺激下，成爲全國的製瓷中心，特別是明初禦窰廠的設立。清人藍浦《景德鎮陶錄》記洪武二年(1369)："就鎮之珠山設禦窰廠，置官監督燒造解京。"景德鎮禦窰廠專燒宮廷禦用品，禦窰廠對瓷器的挑選極爲嚴格，凡上解的禦用器大多要 "百選一二"，龍缸、花瓶之類"百不得五"。禦窰不計成本，追求質量精美，禦用瓷燒製量較大。《明史》記成化年間："燒造禦用瓷器，最多且久，費不貲"。明代宋應星《天工開物》記有："合并數郡，不及江西饒郡産⋯⋯。中華四裔馳名獵取者，皆饒郡浮梁景德之産也。"明萬歷王世懋《二酉委譚》有："天下窰器所聚，其民繁富，甲於一省，余嘗以分守督運至其地，萬杵之聲殷地，火光炸天，夜令人不能寢"的記載。清初沈懷清記有： "昌南鎮陶器行於九域，施於外洋，事陶之人動以數萬計"。描繪了景德鎮製瓷業的繁榮景象。景德鎮官窰"一歲之成，恒十數萬器"，進貢宮廷的禦用瓷器，每年不下數萬件。景德鎮瓷器"自燕而北，南交趾，東際海，西被蜀，無所不至"。

景德鎮成爲中國的瓷都，中國瓷業生產的代表。邵蟄民撰《增補古今瓷器源流考》記有："明瓷之震耀寰宇，開現代最精美瓷之端，而爲其代表者厥惟饒州景德鎮燒造之瓷⋯⋯。有明一代至精美之瓷莫不出於景德鎮，清代亦然。"

明清時期是中國陶瓷生產的黃金時代，瓷器生產品種繁多，工藝精湛，釉彩艷麗，紋飾精美而聞名於世，深受人們的喜愛。景德鎮禦窰生產代表了中國製瓷業的最高成就，其

釉下彩瓷、釉上彩瓷和顏色釉瓷器五彩繽紛，爭奇鬥艷。

　　青花是明清瓷器重要的釉下彩瓷品種之一，由於各時期使用鈷料的不同，藝術風格各異，各領風騷。雍正一朝雖僅十三年，但其瓷器產量增大，質量高超，彩釉品種空前豐富。釉上釉下彩繪，高低溫色釉無所不備，唐英《陶成紀事碑》記雍正彩釉達五十七種之多。其粉彩、琺瑯彩、色釉及仿古瓷的藝術成就最高。器物造型豐富，圓、琢各式具備，製作精巧。器形俊秀典雅，瓷質瑩潤，胎薄體輕，胎質潔白。裝飾紋樣繁多，美不勝收，圖案精美細膩，構圖疏朗明快。楊獻穀云："瓷品精進，無過清代康雍乾之禦窯。"其官窯青花瓷器燒造達到了爐火純青的地步，以雍容典雅的器形，潔白瑩潤的胎釉，舒展流暢的紋飾，凝重典雅的青花，製作技藝精湛而著稱於世。雍正青花瓷一類是追摹成化淡雅宜人的青花色調，崇尚輕巧俊秀工麗、清新典雅的藝術風韵。

　　清雍正青花花卉紋盤(No.10)，所繪牡丹綻放，菊花吐艷，彩蝶飛舞，爲祥瑞吉慶之象。造型秀麗，胎薄質細，釉面潔白瑩潤，青花發色淡雅明快，呈色淺淡柔和，典雅宜人，繪製纖柔精細，紋飾疏密有致，優美自然，給人以清新悅目，幽雅脫俗之感，展現出畫工高超的技藝和藝術修養。此器見有青花鬥彩製品，但青花器罕見。

　　鬥彩是明清時期重要的彩瓷品種，始燒於明代宣德時期，成化時的鬥彩器最爲出色。鬥彩

器，釉下青花與釉上彩相結合爭奇鬥艷，雅麗精致。明王士性《廣志繹》記有："本朝以宣、成二窯爲佳。宣窯以青花勝，成窯以五彩……。宣窯五彩，堆垛深厚，而成窯用色淺淡，頗成畫意，故宣不及成。然二窯皆當時殿中畫院人遣畫也。"邵蟄民撰《增補古今瓷器源流考》記："成窯以五彩爲上，其畫彩高軼前後，以畫手高，彩料精也。"成化官窯鬥彩大器少見，器物有杯、盤、高足杯、碗、罐等，因此時飲酒品茗之風盛行，傳世品多見杯類。

　　明代成化時期的鬥彩瓷器質量高超，深得後世敬仰。明代嘉靖、萬歷和清代康熙、雍正、乾隆時期，均竭力仿效製作，以康熙、雍正朝的

藝術水平最高。許之衡《飲流齋說瓷》有"是(豆)彩(即鬥彩)康雍至精，若人物、若花卉、若鳥獸，均異彩發越，清茜可愛"的讚譽。

清康熙鬥彩張騫乘槎圖杯(No.5)，紋飾疏密有致，綫條優美自然，施色淺淡柔和，給人以清新悦目，幽雅脫俗之感，表現出康熙鬥彩瓷鮮麗清逸的藝術風格。

粉彩是清代著名的釉上彩瓷品種之一，始創於康熙年間，雍正、乾隆時期盛行，以柔和細膩見長，有別於五彩的强烈光彩，故稱爲"軟彩"。粉彩料中由於摻入鉛粉，繪製時用分水法衝淡其色調，使其具有粉潤秀雅的藝術風格，它善於表現所繪物體形象的質感，對花葉蓓蕾、翎毛花卉的描繪更加工細，并使圖案有陰、陽向背的藝術效果。粉彩裝飾圖案豐富，紋飾有山水人物、花草蟲蝶等。

乾隆時期國力强盛、社會安定，瓷器的生產達到了歷史的頂峰，燒造品種之豐富，種類之多樣，裝飾之華麗，令人讚嘆。其粉彩瓷的生產更是精益求精。清乾隆綠地粉彩螭龍紋福壽耳瓶(No.16)，秀美的造型，精細的繪工，協調的色彩與精美紋飾渾然一體，盡展乾隆時期瓷器奢華的藝術風格特徵。

乾隆皇帝倡導藏傳佛教，在各地廣建廟宇。景德鎮禦窰廠也生產有宗法之器，有些專爲蒙、藏貴族所製，反映了内地與少數民族之間的交流與融合。有藏草瓶、賁巴壺、甘露瓶、法輪、佛像、五供、七珍、八寶等製品，多爲粉彩器。清乾隆粉彩蓮臺八寶(No.15)爲乾隆粉彩器的精細之作。

嘉慶瓷器多沿襲乾隆時期的舊制，其造型創新式樣少，紋飾也多采用傳統寓意吉慶的圖案，繪製技法工筆多於寫意。粉彩也多以各種色釉爲地描繪。清嘉慶綠地粉彩福壽吉慶圖折口瓶(No.18)，造型、施彩、紋飾等仍有乾隆器的遺風，造型雋秀，紋飾繁密，純净瑩潤的綠釉色地與色彩雅致的粉彩花紋相配，爲嘉慶粉彩器的上乘之作。

清代製瓷業在嘉慶時期已呈萎縮的趨勢，道光時期的景德鎮製瓷業更趨衰落。燒造品種多承襲前朝的品種。清道光粉彩昭君出塞圖瓶(No.20)，器形體高大，端莊規整，構圖疏密有致，紋飾繪製精工，用筆豪放不羈，人物形神皆備，爲清道光"慎德堂"珍品。

明清景德鎮窰以釉下彩瓷和釉上彩瓷生產爲主流，其顏色釉瓷的燒製也達到了爐火純青的地步，有藍釉、紅釉、黃釉等品種。

　　藍釉是明清時期重要的顏色釉品種之一，元代景鎮窰始燒，明代藍釉又稱爲"霽藍"、"霽青"、"祭藍"等，據《大明會典》載，四郊各陵瓷器皆用"圜丘青色"，即祭祀先祖用藍釉器。

　　明弘治藍釉雙耳罐(No.1)，古樸端莊，釉質勻净光潔，爲明代藍釉瓷的代表作。

　　清朝順治時期，承襲明代繼續在景德鎮設置禦窰廠燒造宮廷禦用瓷，順治八年開始爲宮廷燒製瓷器，明末以來敗落的景德鎮製瓷業逐漸恢復，到康熙朝社會安定，實行"官搭民燒"的政策，并開始派督窰官統領景德鎮官窰窰務，景德鎮瓷業生產繁榮興盛。康熙五十四年(1715)江西按察史劉廷璣《在園雜志》記有："至國朝禦窰一出，超越前代，其款式規模，造作精巧……。"邵蟄民撰《增補古今瓷器源流考》記康窰"單彩、三彩、五彩等瓷均盛於比時，質細而色耀，釉備而畫工，稱之盡善盡美，實無愧色也"的評價。

　　黃釉瓷創燒於明初，因"黃"與"皇"諧音，黃色成爲皇家尊貴的象徵。陳瀏《陶雅》有"康雍蛋黃器皿，顏色俱極鮮明"的贊譽。清康熙黃釉葫蘆瓶(No.3)，胎體輕薄，釉面光潤明艷，勻净柔和，色澤淡雅宜人。

　　清雍正爐鈞釉蒜頭瓶(No.7)，僅飾凸棱或弦紋，簡潔雅致，雋秀的造型和艷麗的色釉完美的結合，爲清雍正爐鈞釉瓷的精品。

　　明清瓷器是最富中華民族傳統特色的藝術品之一，是中國文化寶庫中的瑰寶。它凝結着製瓷工匠的辛勤勞動和聰明才智，反映出明清時期科學技術和文化藝術等方面在燒製瓷器方面所取得的輝煌成就。它是中華民族輝煌燦爛文明發展史的展現，同時也是先人們留給我們的寶貴文化遺產。

目　録
CONTENTS

1

明弘治　藍釉雙耳罐

説明:收口、溜肩、鼓腹、圈足。肩飾對稱雙耳。外壁施高温鈷藍釉，器內施白
釉，外底露胎。

高温藍釉屬高温石灰碱釉，釉中摻入適量鈷料作着色劑，生坯施釉，高温下
燒成。元代景鎮窰始燒，器形有梅瓶、碗、　盤、爵杯等。明代藍釉又稱爲
"霽藍"、"霽青"、"祭藍"等，宣德時期藍釉燒造工藝技術嫻熟，釉面
光潤，釉質肥腴，色澤純正如藍寶石鮮麗，又稱爲"寶石藍"。據《大明會
典》載，自嘉靖九年(1530年)起，四郊各陵瓷器皆用"圜丘青色"，即祭天
用藍釉器。

此罐爲弘治時期的典型器物，除藍釉外，尚有黄釉、茄皮紫釉製品。器古樸
端莊，釉質勻净光潔，色澤明亮艷麗，爲弘治藍釉瓷中的代表作。

參閱:《故宫博物院藏文物珍品全集‧顏色釉》，上海科學技術出版社，1999，圖
版36，37，67，162。

A RARE BLUE GLAZED WITH TWO HANDLE JAR

Ming Dynasty, Hongzhi Period

H:30cm   11 $^7/_8$in.

明弘治·茄皮紫釉描金雙耳罐
故宮博物院藏

明弘治·霽藍釉描金牛紋雙耳罐
故宮博物院藏

2

明正德　黄地緑彩雲龍紋碗

說明:敞口、弧壁、圈足。器黄釉爲地，刻雲龍紋及變體蓮瓣紋，并填緑彩，外底
　　青花雙圈内書“正德年製”四字二行楷書款。
　　低温黄地緑彩瓷始創於明代永樂時期，宣德、弘治、正德、嘉靖朝均有燒
　　造。其製作工藝先在胎坯上刻劃紋樣，紋飾上填低温鉛緑釉，隙地填低温黄
　　釉。正德黄釉緑彩瓷有盤、碗、高足碗、奓門等器形，多飾刻填雲龍紋。
參閱:耿東昇主編《中國國家博物館藏文物研究叢書·明代瓷器》，上海古籍出版
　　社，2007，圖版69。

A RARE AND FINE YELLOW-GROUND AND GREEN ENAMELED 'DRAGON'
BOWL

Seal Mark and Period of Zhengde, Ming Dynasty

D:20.8cm　8 ¹/₈in.

明正德·黄地緑雲龍紋碗
英國大英博物館藏

正德
年製

明正德·黄地綠彩雲龍紋渣鬥

故宮博物院藏

明正德·黄地綠彩雲龍紋盤

故宮博物院藏

明正德·黄地青花折枝花果紋盤
故宮博物院藏

3

清康熙　黄釉葫蘆瓶（一對）

説明:器呈葫蘆形，通體施以淡黄釉，外底青花雙圈内書"大清康熙年製"六字雙行楷書款。

器形似葫蘆故稱爲"葫蘆瓶"。 葫蘆藤蔓綿延，"纍然而生，食之無窮"，籽粒衆多，數而難盡，爲綿延後代，多子多福的象徵。又因葫蘆諧音"福禄"，"福"又指福神，"禄"指官職禄位，有祈福求祥之意，爲吉祥之物。又爲佛家"暗八仙"之一。瓷質葫蘆瓶爲中國傳統陶瓷的典型器，遠在唐代就已出現，明清時期燒製品種繁多。

低温黄釉瓷創燒於明初景德鎮窯，因"黄"與"皇"諧音，黄色成爲皇家尊貴的象徵，黄釉瓷在明清景德鎮官窯中占有重要地位，明清兩朝對黄釉瓷的使用有嚴格明確規定，據《大明會典》載，明嘉靖九年起定"方丘黄色"，即黄釉器爲祭祀地神之物。另據《國朝宫史》卷十七《經費一》記載，全黄釉器只限於皇太后及皇后使用。

黄釉是以鐵爲呈色劑的低温鉛釉。明代以弘治黄釉質量最好，色澤淡雅嬌嫩，光潤如鷄油，有"嬌黄"、"鷄油黄"的美稱。到清代康熙朝，創燒出比明代弘治黄釉更爲淺淡的"淡黄釉"，它以氧化銻爲着色劑的低温釉，因色澤似鷄蛋黄，又稱爲"蛋黄釉"。陳瀏《陶雅》有"康雍蛋黄器皿顔色俱極鮮明……。嘉靖黄釉不如成化之尤爲濃厚，康雍只淡黄爲超妙耳"的贊譽。

器小巧別致，胎薄體輕，釉面勻净柔和，釉質光潤明艷，色澤淡雅宜人。雋秀的造型與淡雅的黄釉完美結合，相得益彰。成對保存，品相完美，十分難得。

A RARE AND FINE YELLOW GLAZED DOUBLE-GOURD FORM VASE

Seal Mark and Period of Kangxi, Qing Dynasty

H:9.1cm×2　3 ⁵/₈in.×2

清雍正·淡黄釉瓶

故宫博物院藏

清康熙　灑藍釉地金彩書《正氣歌》筆筒

説明:器呈直筒形,直口,深腹,外底中心内凹呈玉璧形。外壁通
體施灑藍釉,上繪製金彩紋樣,器一側繪山水人物圖,另
一側金彩楷書《正氣歌》。

《正氣歌》

天地有正氣,雜然賦流形。下則爲河岳,上則爲日星。
於人曰浩然,沛乎塞蒼冥。皇路當清夷,含和吐明庭。
時窮節乃見,一一垂丹青。在齊太史簡,在晋董狐筆。
在秦張良椎,在漢蘇武節。爲嚴將軍頭,爲嵇侍中血。
爲張睢陽齒,爲顏常山舌。或爲遼東帽,清操厲冰雪。
或爲出師表,鬼神泣壯烈。或爲渡江楫,慷慨吞胡羯。
或爲擊賊笏,逆豎頭破裂。是氣所旁薄,凜烈萬古存。
當其貫日月,生死安足論。地維賴以立,天柱賴以尊。
三綱實系命,道義爲之根。嗟予遘陽九,隸也實不力。
楚囚纓其冠,傳車送窮北。鼎鑊甘如飴,求之不可得。
陰房闐鬼火,春院悶天黑。牛驥同一皂,雞棲鳳凰食。
一朝濛霧露,分作溝中瘠。如此再寒暑,百診自闢易。
嗟哉沮洳場,爲我安樂國。豈有他繆巧,陰陽不能賊。
顧此耿耿存,仰視浮雲白。悠悠我心悲,蒼天曷有極。
哲人日已遠,典刑在夙昔。風簷展書讀,古道照顏色。

款署"辛卯初秋寫,赤城意氣郎"。下鈐圓形印及"木石
居"方形印。

依器物造型、胎釉、紋飾等特徵,爲康熙時期的器物。辛
卯年爲康熙五十年,即公元1711年。

《正氣歌》是南宋傑出的民族英雄和愛國詩人文天祥所
作。文天祥(1236~1283),號文山,吉安(今江西吉安)人。
宋理宗寶佑四年(1256)考取進士第一名。歷任湖南提刑,知
贛州。德祐元年(1275)正月,聞元軍東下,文天祥在贛州
組織義軍,開赴臨安(今杭州,當時南宋的京城)。次年被
任爲右丞相兼樞密使,文天祥臨危受命,率衆抵禦元軍,
因寡不敵衆,在廣東海豐縣五坡嶺被俘。元主愛其才識人

品,一再威逼利誘勸降,天祥忠貞不改,寫下了氣貫長虹
的《正氣歌》以言其志。詩中熱情謳歌爲正義而鬥爭的人
們,揭示出不屈不撓的民族氣節。文天祥創作了大量的
詩、詞和散文作品。其中詩作達百余首,有《文山先生全
集》。

筆筒是文房用具之一,質地有瓷、玉、銅、牙、竹等。
瓷質筆筒始見於三國兩晋時期,有青釉製品。清代康熙
年間,政通人和,文化昌盛,瓷製筆筒的生產也達到了
鼎盛時期,不僅品種繁多,有青花、五彩、鬥彩、釉裏三
彩、豆青釉、烏金釉、灑藍釉等,而且裝飾圖案豐富,具
有濃郁的生活氣息,裝飾紋樣有山水、人物、花卉、鳥獸
或題寫詩詞歌賦等,其中以歷史上著名的長篇詩詞歌賦作
裝飾紋樣最具特色,見有王褒的《聖主得賢臣頌》、蘇軾
的《赤壁賦》、諸葛亮的《出師表》、歐陽修的《秋聲
賦》、《醉翁亭記》、陶淵明的《歸去來辭》、王勃的
《滕王閣序》等。許之衡《飲流齋説瓷》記"皆全篇録
其,筆法出入虞、褚,均康窰之錚錚者"。

灑藍釉爲明代宣德時創燒的一種低温釉,釉中含有鈷藍
料,采用吹釉工藝而成,釉面濃淡不一,淺藍色地上散布
着深藍色點,猶如散落的藍色水滴,故稱爲"灑藍"或
"雪花藍"。清康熙時期的灑藍釉瓷爲高温色釉,器物造
型豐富多樣,有盤、碗、筆筒、棒槌瓶、罐等,裝飾手法
有灑藍地釉下或釉上彩繪、灑藍地白花、灑藍地描金等。

器所繪山水人物圖層次分明,景物錯落有致,頗得章法,
筆觸自然,宛如一幅中國山水畫,格調清新。所書《正氣
歌》字體工整,筆法遒勁,將中國精湛的製瓷藝術與傳統
書法相結合,珠聯璧和。

筆筒爲康熙朝的典型器物,有明確紀年,是斷代研究的重要標
准器。此器裝飾題材少見,金彩保存完好,極具收藏價值。

A FINE GILT-DECORATED BLUE-GROUND BRUSHPOT

Qing Dynasty, Kangxi Period

H:14cm　5 ¹/₂in.

清康熙·灑藍地描金開光山水圖筆筒
故宮博物院藏

清康熙　鬥彩張騫乘槎圖杯（一對）

説明：撇口，深腹，圈足。外壁鬥彩通景飾張騫乘槎圖，外底青花
雙圈圈內書 "大清康熙年製" 六字三行楷書款。

張騫乘槎圖，所繪張騫端坐於樹根雕作的槎舟上，身着長
袍，胡鬚頤長，一手執卷，全神貫注頌讀，人物面帶微笑，
神態安祥，悠然自得。槎尾上懸掛小葫蘆，槎下波浪翻滾，
海中巨石矗立，空中白鶴、蝙蝠飛舞，爲天上仙境。

乘槎是神話中乘木排上天之意。《博物志》記："舊説天
河與海通，近世有人居海渚者，年年八月有浮槎去來不失
期，人齎糧乘槎而去，十餘日，至天河。"唐朝詩人李商
隱《海客》詩："海客乘槎上紫氛，星娥罷織一相聞。"仙
槎源於神話傳説，後世又將故事人物附會爲張騫，言其乘
槎尋黃河之源。傳説漢代張騫尋海源，乘槎(木筏)經過月
亮，到一城市，見一女子在室內織布，又見一男子牽牛飲
河，後帶回織女送給他的支機石。南朝梁宗懔《荆楚歲時
記》載："漢武帝令張騫窮河源乘槎經月，至天河。"

張騫，漢中成固(今陝西城固)人，西漢時期外交家。漢武帝
欲聯合大月氏共擊匈奴，張騫應募任使者，建元三年(公元
前138年)，張騫 "以郎應募，使月氏"。元狩四年(公元前
119年)，張騫第二次奉派出使西域。張騫對開闢從中國通往
西域的絲綢之路有卓越貢獻，至今舉世稱道。

"西域"，狹義的西域是指玉門關、陽關(今甘肅敦煌西)以
西，葱嶺以東，昆侖山以北，巴爾喀什湖以南。廣義的西
域還包括葱嶺以西的中亞細亞、羅馬帝國等地，包括今阿
富汗、伊朗、烏茲別克，至地中海沿岸一帶。張騫出使西

域雖然起初是出於軍事目的，但西域開通以後，它的影響
遠遠超出了軍事意義。從西漢的敦煌，出玉門關，進入新
疆，再從新疆連接中亞細亞的一條橫貫東西的通道，就是
後世舉世聞名的 "絲綢之路"。"絲綢之路" 把西漢同中
亞許多國家聯系起來，促進了它們之間的經濟和文化的交
流。張騫出使西域是具有特殊的歷史意義的重大事件。

張騫仙槎圖也成爲古代藝術裝飾題材之一，目前所知最早
以仙槎爲題材者是故宮博物院所藏元代著名冶銀工匠朱碧
山所製銀槎。明清時期，張騫仙槎圖也爲吉祥圖案，賦予
祝壽之意。

鬥彩是明清時期重要的彩瓷品種，以明代成化時期的鬥彩
器最爲出色。清代乾隆時期朱琰《陶説》評價有："古瓷
五彩，成窯爲最，其點染生動，有出於丹青家之上者。畫
手固高，畫料亦精……"。成化鬥彩瓷器取得高的藝術成
就，深得後世敬仰。明代嘉靖、萬歷和清代康熙、雍正、
乾隆時期，均竭力仿效製作，以康熙朝和雍正朝的藝術水
平最高，其鬥彩器繼承明代成化 "鬥彩" 工藝，既模仿又
創新，造型和紋飾比成化器更爲豐富，色彩更加艷麗。許
之衡《飲流齋説瓷》有 "是(豆)彩(即鬥彩)康雍至精，若人
物、若花卉、若鳥獸，均異彩發越，清茜可愛" 的評價。

造型雋秀，胎薄質細，釉面潔白瑩潤，釉彩濃淡相宜，清晰
悅目，畫意生動，表現出康熙鬥彩瓷清麗淡雅的藝術風貌。

A RARE AND FINE PAIR OF _DOUCAI_ CUP

Seal Mark and Period of Kangxi, Qing Dynasty

D:9cm × 2　　3 1/2in × 2.

清康熙·鬥彩人物紋杯
故宮博物院藏

清康熙·鬥彩團龍祥雲紋杯
故宮博物院藏

6

清雍正 胭脂紅地白魚紋盤

説明:敞口，弧壁，廣底，圈足。內壁施白釉，外壁胭脂紅釉地飾四尾白魚紋，外底青花雙圈內書
　　 "大清雍正年製" 六字二行楷書款。

　　 胭脂紅釉是清代名貴的顏色釉，創燒於清康熙晚期，以雍正、乾隆製品最精，其製作工藝在
　　 燒成的瓷器上，施以含金萬分之一、二的釉，入爐低温烘烤而成，燒成後釉呈胭脂紅色，色
　　 澤鮮嫩柔和，故稱爲 "胭脂紅釉"，又稱爲 "金紅"。陳瀏《陶雅》評論有 "胭脂紅也者，
　　 華貴中之佚麗者也……。勻净明艷，殆亡倫比。紫晶遜其鮮妍，玫瑰無其嬌麗。" 雍正胭脂
　　 紅釉器均爲官窑製品，有杯、碗、盤、碟、水盂等，器底多書青花雍正款。

　　 器胎體輕薄，釉質勻净明艷，色彩嬌嫩欲滴，紅白相映，對比鮮明，清新明快，爲雍正胭脂
　　 紅釉器中的佳品。

　　 故宫博物院藏有同樣形製的祭紅釉地白魚紋盤、白釉地紅魚紋盤。

參閱:《故宫博物院藏文物珍品全集·顏色釉》，上海科學技術出版社，1999，圖版25。

A RARE AND FINE RUBY-GROUND DISH

Seal Mark and Period of Yongzheng, Qing Dynasty

D:18cm　7in.

清雍正·霽紅釉白魚紋盤

故宫博物院藏

7

清雍正　爐鈞釉蒜頭瓶

說明:蒜頭式口、長頸、圓腹、圈足。器肩部飾一道凸棱。通體施爐鈞釉，足內陰刻"雍正年製"四字
　　雙行篆書款。

　　蒜頭瓶是秦漢時期典型的陶器造型，因瓶口似蒜頭形而得名。瓷質蒜頭瓶，在隋唐以前不多
　　見，明清時期流行。

　　雍正瓷器素以精細典雅的藝術風格而著稱，特別是顏色釉瓷的燒造品種繁多，製作精湛。爐鈞
　　釉是清代雍正時期創燒的低溫窯變花釉品種之一，盛行於雍正、乾隆兩朝。清人唐英《陶成紀
　　事碑》中"爐鈞釉"釋爲"如東窯、宜興挂釉之間，而花紋爲流淌變化過之"。清《南窯筆
　　記》載"爐鈞一種，乃爐中所燒，顏色流淌中有紅點者爲佳，青點次之"。

　　爐鈞釉以銅、鈷等元素爲呈色劑，釉呈紅、藍、綠、紫、青等色，釉面自然垂淌，相互熔融，
　　形成彩斑或條紋，釉質或光潤，或凹凸不平。雍正時期的爐鈞釉中的紅色泛紫，似剛成熟的
　　高粱穗色，故稱爲"高粱紅"。雍正爐鈞釉因釉層肥厚，故少有錐刻劃印等作裝飾，僅飾凸棱
　　或弦紋，簡潔雅致，以絢麗多姿的彩釉取勝。

　　雍正爐鈞釉器有玉壺春瓶、鉢、缸、天球瓶、燈籠尊、錐把瓶、如意耳葫蘆瓶、紙槌瓶、花
　　盆、蓮蓬口長頸瓶等，蒜頭瓶罕見。

　　雋秀的造型和艷麗的色釉完美的結合，相得益彰，爲雍正爐鈞釉瓷的精品。

A RARE AND FINE 'ROBIN-EGG' GLAZED MALLET-SHAPED VASE

Seal Mark and Period of Yongzheng, Qing Dynasty

H:27.5cm　10 $^{3}/_{4}$in.

清雍正・爐鈞釉細頸瓶
英國維多利亞・阿爾伯特國立博物館藏

清雍正・爐鈞釉瓶弦紋瓶
故宮博物院藏

8

清雍正　爐鈞釉梅瓶

説明:小口，圓唇，短頸，豐肩，肩以下漸收至脛部外撇，圈足。通體施爐鈞釉，外底陰刻"雍正年製"四字
　　　雙行篆書款，爲雍正官窰製品。

　　　梅瓶是古代瓶式之一，許之衡《飲流齋説瓷》："口徑之小僅與梅之瘦骨相稱"，故名"梅瓶"。梅瓶
　　　爲唐代創燒的瓶式，唐代見有白釉器。在遼代墓葬壁畫中所繪梅瓶用來插花，作爲陳設用瓷。宋代時期
　　　稱爲"經瓶"，河北磁州窰梅瓶書有"清沽美酒"、"醉鄉酒海"等字樣，應爲酒具。元代江西景德鎮
　　　窰、河北磁州窰、河南鈞窰等均有燒造，明清兩代較爲流行，成爲傳統瓷器造型之一。

　　　明清兩代景德鎮官窰雖以彩瓷爲生產主流，其顏色釉的燒製也達到了爐火純青的地步。雍正瓷器素以精
　　　細典雅的藝術風格而著稱，特別是顏色釉瓷的燒造品種繁多，製作精湛，體現出雍正高超的製瓷技藝。

　　　雍正十三年唐英撰寫的《陶成記事碑》記雍正六年至十三年八年中，景德鎮禦窰僅仿古及新增的釉彩達
　　　五十七種之多，最爲突出的是顏色釉、琺瑯彩、粉彩及仿古瓷藝術成就最高。爐鈞釉是清代雍正時期典
　　　型的色釉品種之一，造型多樣，典雅秀美，釉面垂流似瀑布飛瀉，釉色艷麗而著稱。

　　　此瓶造型秀美，胎薄體輕，釉面光潔，釉質勻净，爲清代雍正時期爐鈞釉的佳作。

A RARE AND FINE 'ROBIN-EGG' GLAZED VASE, *MEIPING*

Seal Mark and Period of Yongzheng, Qing Dynasty

H:18cm　　7 ¹/₈in.

清雍正·爐鈞釉花插
故宫博物院藏

清雍正·爐鈞釉三系瓶
故宫博物院藏

9

清雍正　黄地绿彩雲龍紋高足盤（一對）

說明:敞口、弧壁、廣底、高圈足。器内外壁黄釉爲地，刻劃紋樣并填绿彩，主題圖
　　案爲雙龍戲珠紋，輔以如意雲頭紋、蕉葉紋、海水紋、蓮瓣紋、回紋，圈足内
　　施白釉，足邊青花横書"大清雍正年製"六字二行楷書款。
　　龍是古代傳說中一種能興風雨，利萬物的神異祥瑞動物，且被視爲皇室的象
　　徵。明初政府曾下令景德鎮禦窰廠燒造帶有龍鳳紋樣的陶瓷器，并禁止民窰燒
　　製。龍紋是明清官窰瓷器典型裝飾紋樣之一，有虬龍、蛟龍、夔龍、飛龍等，
　　形態多樣，有雲龍紋、穿花龍、趕珠龍、蓮池龍、海水龍紋等。

器所繪飛奔的行龍，神態威猛矯健，伴以祥雲縈繞，表現出叱吒風雲之勢，盡顯巨龍之霸氣。寓意吉慶祥瑞，幸福和平。

此盤製作規整，紋飾布局嚴謹，筆法簡練嫻熟，豪放生動，風格樸實。凝重艷麗的綠彩與色澤淡雅的黃釉相互映襯，釉彩搭配協調，具有極強的藝術感染力。紋飾布局工整，圖案化的裝飾別具一格，有鮮明的時代特徵。

A RARE AND FINE YELLOW-GROUND AND GREEN ENAMELED STEMDISH

Seal Mark and Period of Yongzheng, Qing Dynasty

D:18cm × 2　7 ¹/sin × 2.

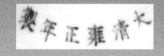

故宫乾清宫筵宴图

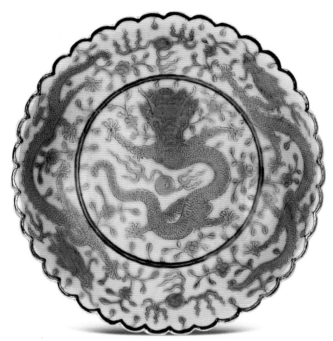

清乾隆·黄釉綠龍紋菊瓣盤
故宫博物院藏

清雍正·黄地綠龍墩式碗
故宫博物院藏

清雍正　青花花卉紋盤

說明:器斂口，弧壁，平底，圈足。青花裝飾，內底繪雙蝶牡丹及壽石紋，外壁爲菊花紋、壽石紋等，外底青花雙圈內書"大清雍正年製"六字雙行楷書款，爲雍正時期的製品。

所繪牡丹有"花中之王"、"富貴花"的美稱。宋代周敦頤在《愛蓮説》中記:"牡丹，花之富貴者也。""牡丹花開，花能蓋世，色絕天下。"人們將牡丹花視爲"富貴榮華"的象徵，深受人們喜愛，瓷器裝飾有折枝、纏枝、串枝等形式。

菊花是中國傳統名花，它在百花凋零的凌霜時節盛開，人們喜愛其清秀神韵，更愛它凌秋傲雪的一身傲骨，一直爲歷代詩人所偏愛，有詩稱贊"寧可枝頭抱香死，何曾吹落北風中"。

石頭爲五瑞圖的瑞物，石是"壽石"，象徵長生不老，福壽康寧之寓意。

清代瓷器裝飾多吉祥圖案，有"圖必有意，意必吉祥"的鮮明時代特徵。洞石旁雍容華貴的牡丹綻放，菊花吐艷，彩蝶飛舞，爲吉慶祥瑞之象。

青花是明清瓷器重要品種之一，由於各時期使用鈷料的不同，藝術風格各異，各領風騷。雍正一朝雖僅十三年，但其官窯青花瓷器燒造達到了爐火純青的地步，無論胎釉、造型、繪製、款識均一絲不苟，無可挑剔。以雍容典雅的器形，潔白瑩潤的胎釉，舒展流暢的紋飾，凝重典雅的青花，製作技藝精湛而著稱於世。

雍正青花瓷多宗明代永宣、成化青花器，一類追摹永宣時期"蘇泥渤青"料發色濃艷的藝術效果，一類是成化淡雅宜人的青花色調，崇尚輕巧雋秀工麗之貌及清秀爾雅之韵。

雍正時期青花瓷器造型多樣，裝飾紋樣豐富。裝飾圖案常見山水、人物、花草、蟲蝶紋等。繪製柔麗工細，構圖疏雅簡潔，紋飾纖柔，畫風深受惲南田没骨法的影響。許之衡《飲流齋説瓷》記有:"雍正花卉純屬惲派，没骨之妙可以上擬徐熙，草蟲尤奕奕有神，幾誤蠅欲拂……。"雍正瓷器清新秀麗的藝術風格在中國陶瓷藝術發展史上占有重要的歷史地位，"前無古人，後無來者"的高超製瓷技術，令人稱絕。許之衡《飲流齋説瓷》中對雍正瓷有"異彩紛越，清茜可愛"的贊譽。《增補古今瓷器源流考》贊:"雍正時瓷質極佳，設色亦極精致。"

器輕巧典雅，胎質潔白細膩，繪製精細，紋飾新穎，構圖疏簡，清新秀逸，極富文人畫意，盡展雍正青花瓷雋秀的藝術特徵，爲雍正官窯中的上品。正如陳瀏《陶雅》:"雍正官窯大小盤、碗白勝霜雪，既輕且堅，上畫彩花數朵，每一朵橫斜縈拂，裊娜多姿，筆法絕不板滯"的贊譽。

此器除青花外，也見有鬥彩製品。

參閱:1. 香港蘇富比拍賣1993，10，26，第154號。

2. 香港蘇富比拍賣2004，4，25，第222號。

3. 香港蘇富比拍賣2008，4，11，第2970號。

A RARE AND FINE BLUE AND WHITE DISH
Seal Mark and Period of Yongzheng, Qing Dynasty
D:16cm　6 $^{1}/_{4}$in.

清雍正·青花壽桃盤
王光美同志藏

清雍正·青花纏枝花卉碗
王光美同志藏

11

清乾隆　法華蓮塘圖蓋罐

説明:器撇口，粗頸，溜肩，鼓腹，圈足。帶蓋，寶珠形鈕。器藍釉地法華立粉畫法粉彩裝飾，并輔以金彩，器身、蓋均
　　通景繪蓮塘圖，并輔以纓絡紋、卷草紋等。外底施松石綠釉，并刻陽文"大清乾隆年製"六字三行篆書款，爲乾隆
　　時期的法華瓷。

　　蓮塘圖描繪出盛夏時節荷塘，一池青水，碧荷襯托盛開的紅蓮和含苞待放的蓓蕾，描繪出一派水光接天，荷香四溢
　　的景象，給人以怡静和美的生活氣息。

　　蓮花在佛教和佛教藝術中被奉爲"佛門聖花"。宋人周敦頤《愛蓮説》有"余獨愛蓮之出污泥而不染"稱譽蓮花清
　　高的品格。蓮花是瓷器典型的裝飾圖案，自南朝至清代一直盛行不衰。表現形式多樣，有折枝、纏枝、串枝，也有蓮
　　塘圖或蓮塘水禽圖等。蓮花爲花中君子，碧水、荷葉青青，"青"諧音"清"，"蓮"諧音"廉"，蓮塘圖故寓有
　　"一品清廉"之意。

　　瓔珞原是用綫將珠寶、玉石編串成多層次的裝飾品，陶瓷器裝飾瓔珞形狀的紋飾稱爲瓔珞紋，宋元時期的瓷塑觀
　　音、菩薩多以模印或貼塑飾瓔珞紋。明清時期，多見於青花、五彩和法華器上，青花、五彩以描繪手法，法華器則
　　采用立粉畫法。

　　法花又名"珐花",是以硝酸鉀爲助熔劑的陶瓷器,它分兩次燒成,先在胎體上以凹起的瀝粉勾勒出雙綫花紋圖案后燒製
　　成器,然後在花紋間填以釉彩,再以低溫烘燒而成。其釉色主要有孔雀藍、孔雀綠、茄皮紫、黃等幾種色調。法華器的
　　燒製始於元代，流行於山西蒲州、澤州地區。許之衡《飲流齋説瓷》一書記:"法花之品萌芽於元,盛行於明,大抵皆北
　　方之窯。蒲州一帶所出者最佳,藍如深色寶石之藍,紫如深色紫晶之紫,黃如透亮之金箔,其花紋以生物花草居多。平陽
　　霍州所出者,其胎半屬瓦質,藍略發紫,綠略發黑,殆非精品。"山西法華器爲陶胎，多屬小件的花瓶，香爐、動物雕
　　塑等。明清兩代景德鎮窯有仿燒法花器物，均爲瓷胎。景德鎮窯瓷質法華器始燒於明代宣德時期，正德、嘉靖時期器
　　較多見，明代景德鎮窯法華瓷多爲民窯器,造型有瓶、罐、尊、綉墩、盒、香爐以及各式塑像等，裝飾以人物、花鳥
　　紋等。其裝飾方法除瀝粉外,還結合貼花、模印、凹雕、捏塑等技法裝飾器身或器耳部分,景德鎮瓷胎法花器的釉色稱
　　其爲"法花釉"，施彩多以紫或孔雀綠爲地，施以黃、白、孔雀藍等色的紋飾。與北方的陶質法華器相比，明代景
　　德鎮窯法華瓷其造型多樣，胎質潔白細膩，釉汁純净，釉彩艷麗，裝飾華美爲特徵。

　　乾隆時期國力强盛、社會安定，瓷器生産達到了歷史的頂峰。仿古之風盛行，大量仿燒前朝名窯器物，燒造品種之
　　豐富，種類之多樣，裝飾之華麗，令人贊嘆，體現出乾隆時期高超的製瓷技藝。邵蟄民在《增補古今源流考》記有
　　"清瓷彩色至乾隆而極，其彩釉之仿他物者亦以乾隆爲最多最精……。"清藍浦《景德鎮陶録》稱有:"仿肖古名窯
　　諸器無不媲美，仿各種名釉無不巧合。"雖宗名窯古器的神韵，但又帶有鮮明的時代風格。"師古而不泥古，仿舊
　　而不忘新意"。清代乾隆官窯燒製的法華瓷由於粉彩的使用，比明代器更顯細膩華麗，工藝精湛，彌足珍貴。

　　蓮塘圖爲清代乾隆時期瓷器的典型紋樣，有白地粉彩、色地粉彩、法華粉彩等製品，故宫博物院藏有藍地粉彩蓮塘鷺
　　鷥鴛鴦瓶。法華粉彩器見有:中國國家博物館珍藏的法華蓮塘圖蓋罐①。故宫博物院珍藏的法華蓮塘水禽圖罐②。臺灣
　　鴻禧美術館珍藏的法華蓮塘水禽圖蓋罐③。香港佳士得2005年春季拍賣有法華蓮塘水禽圖蓋罐④。器雖大小有別，但
　　燒造工藝相同，反映了共同的時代藝術風格。

參閲:1. 耿東昇主編《中國國家博物館藏文物研究叢書·清代瓷器》，上海古籍出版社，2007,圖版113。

　　2.《故宫博物院藏文物珍品大系·珐琅彩·粉彩》，上海科學技術出版社，1999，圖版129。

　　3.《中國歷代陶瓷選集(Selected Chinese Ceramics from Han to Qing Dynasty)》，鴻禧美術館，1990，圖版166。

　　4.香港佳士得，2005,5,30，拍品第1241號。

AN EXTREMELY RARE AND FINE FAMILLE-ROSE FAHUA –STYLE JAR AND COVER

Seal Mark and Period of Qianlong, Qing Dynasty

H:44cm　17 $\frac{1}{4}$in.

清乾隆·法華蓮塘圖蓋罐
中國國家博物館藏

清乾隆·粉彩仿珐花荷花紋罐
故宮博物院藏

12

清乾隆 茶葉末釉鉢式缸

説明:斂口，鼓腹，臥足。通體施茶葉末釉，器外口，脛部露黑褐色胎骨，飾如意紋及水波紋，外
底陰刻"大清乾隆年製"六字三行篆書款。

茶葉末釉是鐵結晶釉中的重要品種之一，是鐵、鎂與硅酸化合而産生的結晶，釉黄緑色相摻
雜，似茶葉細末之色，故而得名。茶葉末釉燒製始見於唐代，宋代、明代也有燒製，以清代
雍正、乾隆製品最好。陳瀏《陶雅》記"茶葉末一種，本合黄、黑、緑三色而成……，雍正
官窑則偏於黄矣，而尤以緑色獨多者，最爲希罕，蓋乾隆窑也……。茶葉末黄雜緑色，妖嬈
而不俗，艷於花，美如玉"。雍正時期的茶葉末釉，釉色偏黄，俗稱爲"鱔魚皮"、"鱔魚
黄"。而乾隆時期的釉色偏緑，俗稱"蟹殼青"、"茶葉末釉"。茶葉末釉在唐英《陶成紀
事碑》中稱爲"廠官窑釉"。《南窑筆記》載"廠官窑，其色有鱔魚黄、油緑、紫金諸色，
出直隸廠窑所燒，故名廠官，多缸、鉢之類，釉澤蒼古……。"

乾隆時期官窑茶葉末釉製品多爲琢器類，碗、盤圓器類少見。此器爲乾隆時期的典型器物。

A RARE AND FINE TEADUST-GLAZED *BO*-STYLE JAR

Seal Mark and Period of Qianlong, Qing Dynasty

D:15cm　5 ⁷/₈in.

清雍正·茶葉末釉鉢式缸
故宮博物院藏

13

清乾隆　茶葉末釉描金彩花卉紋缸

說明:缸呈鉢式,唇口,圓腹,腹下收斂,圈足。通體施茶葉末釉,器描金彩紋飾,
　　　繪勾蓮花紋、如意雲紋等,外底陰刻"大清雍正年製"六字三行篆書款。

　　　茶葉末釉爲清代時期重要的顏色釉品種之一。陳瀏《陶雅》記有"茶葉末黃雜
　　　綠色,妖嬈而不俗,艷於花,美如玉"。以清代雍正、乾隆官窰爲最。

　　　此形制的缸爲乾隆時期的典型器,除茶葉末釉外,尚有青花、青花釉裏紅、窰
　　　變、仿官、仿哥、青金藍釉等品種。

　　　造型端莊,紋飾布局工整,圖案化的裝飾別具一格,金彩鮮麗,保存完好,爲
　　　清乾隆時期的代表作。

A RARE AND FINE GILT-DECORATED TEADUST-GLAZED JAR

Seal Mark and Period of Qianlong, Qing Dynasty

D:20.7cm　　8 $^{1}/_{8}$in.

清乾隆·茶葉末釉描金葫蘆雙耳瓶
故宮博物院藏

清乾隆·古銅彩仿古雙耳爐
故宮博物院藏

48

14

清乾隆　仿雕漆描金團壽紋蓋碗（一對）

説明:蓋碗爲仿雕漆製品，輔以金彩裝飾，刻飾雲雷地團壽紋、蓮瓣紋、回紋，外底、器蓋、外底松石綠釉地紅彩書"大清乾隆年製"六字三行篆書款。爲飲茶用具。

　　清皇室飲茶之風盛行，清宮茶具無論其數量，還是質量都超過以往各朝。清代以康熙、乾隆兩朝燒製瓷質、陶質茶具最盛，以景德鎮瓷器和宜興紫砂器最爲出色。乾隆帝稽古好文，酷愛品著作賦，景德鎮禦窯廠燒造了式樣繁多的禦用茶具，有壺、蓋碗、罐、茶盞、茶盤、茶船等，風格以施彩富麗濃艷，紋飾繁縟而聞名，盡顯禦用器的奢靡。

　　清代乾隆時期是中國製瓷技藝的巔峰時期，弘歷皇帝嗜古成痴，瓷器製作仿古之風盛行，除大量仿燒前朝名窯外，也盛行仿各種手工藝品。邵蟄民撰《增補古今瓷器源流考》中評論有："清瓷彩色至乾隆而極，其彩釉之仿他物者亦以乾隆爲最多最精。"朱琰《陶説》記有："飴金、鏤銀、琢石、髹漆、螺鈿、竹木、匏蠡諸作，無不以陶爲之，仿效而肖。"其工藝精湛，巧奪天工，許之衡《飲流齋説瓷》中稱"驟視絕不類瓷，細辨始知皆釉汁變化神奇之至也"。其中仿雕漆器物色澤摹仿逼真，瓷漆莫辨。

　　雕漆是中國傳統工藝製品，雕漆是在木胎或金屬胎上髹漆，少則幾十層，多則一二百層，再雕刻圖案，故稱爲雕漆。仿雕漆瓷是在瓷胎上雕刻各種錦地紋和山水、人物、雲龍等圖案，施以紅釉燒製，效果與木胎雕漆一樣。仿雕漆有紅、藍兩種彩釉。瓷器仿雕漆盛於清代乾隆時期，器有盒、盤、碗、鼻烟壺等。

　　此器刻工刀法嫻熟，紋飾精美，與雕漆無二，爲乾隆禦用茶具的代表作。

A RARE AND FINE CORAL-RED GLAZED CARVED CUP AND COVER

Seal Mark and Period of Qianlong, Qing Dynasty

H:11.1cm × 2　　4 $^3/_8$ in × 2.

清乾隆·仿雕漆釉蓋碗（一對）
故宮博物院藏

清乾隆·仿雕漆釉蓋碗
故宮博物院藏

清乾隆·仿紅雕漆釉竹編紋蓋碗
故宮博物院藏

15

清乾隆　粉彩蓮臺八寶

說明:一套八件，每件由兩部分組成，底座呈覆盤式，置變形魚紋支柱，上承以蓮花式座，座置圓框鏤雕扁形
　　的法輪、海螺、寶傘、白蓋、蓮花、寶罐、金魚、盤腸八寶，均施粉彩，器底施松石綠釉，上攀紅彩書
　　"大清乾隆年製"六字三行篆書款。

　　清皇室崇信藏傳佛教，其中尤以乾隆皇帝爲最，清宮廷中設有藏傳佛教殿堂，供有佛像、佛塔、供器、
　　法器等，質地有瓷、金、銀、銅等，均製作精工。乾隆時期景德鎮禦窰廠生産瓷質藏傳佛教用器，有些
　　專爲蒙藏民族所製，反映了内地與少數民族的交流和融合，宗法器有八寶、佛像、藏草瓶、賁巴壺、甘
　　露瓶、法輪、五供、七珍等。

　　八寶是藏傳佛教中象徵吉祥的器物，又稱爲"八吉祥"。瓷器裝飾始於元代，流行於明清兩代，其排列
　　有一定規律，清代爲輪、螺、傘、蓋、花、罐(瓶)、魚、腸(結)順序排列。八寶即法輪表示佛法圓轉萬劫
　　不息之意，法螺表示菩薩果妙音吉祥之意，寶傘表示張馳自如曲覆衆生之意，白蓋表示偏覆三千净一切
　　藥之意，蓮花表示出五濁世無所染着之意，寶瓶表示福智圓滿具完無漏之意，金魚表示堅固活潑解脱壞
　　劫之意，盤腸表示回環貫徹一切通明之意。八寶紋多與蓮花紋組合，具有濃厚的宗教色彩。

　　瓷塑八寶通常做爲法器陳設於佛堂。乾隆八寶除瓷質外，尚有銅胎琺瑯，木質、玉質等，均爲禮佛用
　　品。瓷器裝飾八寶多以描繪、模印爲主，雕件少見。八寶采用剔雕、鏤雕與粉彩裝飾相結合，工藝精
　　湛。清代乾隆、嘉慶時有成套燒製，傳世品多有傳失，成套少見，此器一套八件保存完整，十分珍貴。

　　中國國家博物館藏有同類器物。

參閱:耿東昇主編《中國國家博物館藏文物研究叢書·清代瓷器》，上海古籍出版社，2007，圖版。

A VERY RARE AND FINE FAMILLE-ROSE EIGHT BUDDHIST SACRED EMBLEMS *BABAO*

Seal Mark and Period of Qianlong, Qing Dynasty

H:24.2cm × 8　　9 $^{1}/_{2}$in × 8.

清乾隆・礬紅地粉彩高足蓮托八吉祥
（見《香港佳士得二十周年回顧》第267頁）

清乾隆·粉彩蓮臺八寶
中國國家博物館藏

16

清乾隆　緑地粉彩螭龍紋福壽耳瓶

説明:撇口，長頸，鼓腹，圈足。頸部堆貼蝙蝠銜碩桃爲耳飾。外壁松石緑釉地粉彩繪番蓮、螭龍、變體蓮瓣紋等，足墻爲回紋。器内壁施松石緑釉，外底松石緑釉地留白青花書"大清乾隆年製"六字三行篆書款。爲乾隆時期官窯製品。

乾隆時期瓷器，瓶尊等琢器頸肩部常附加各種裝飾性的雙耳，不僅有裝飾作用，也使器物趨於平衡協調，增添器物的美感，有時代特征鮮明，常見有夔龍耳、鋪方耳、犧耳、貫耳、鳩耳、螭耳，戟耳、象耳、如意耳、蝙蝠耳等。此器所飾蝠諧音"福"，桃喻示壽，故寓有"福壽"之意。此類福壽耳裝飾較爲少見。

粉彩瓷始創於清康熙朝，雍正乾隆時期迅猛發展，粉彩瓷的生產更是精益求精，燒造品種之豐富，種類之多樣，裝飾之華麗，令人贊嘆。此器秀美的造型，精細的繪工，協調的色彩與精美紋飾渾然一體，爲乾隆官窯精品。

2008年香港佳士德春季拍賣會有同樣形制、紋樣的器物，僅款識有別，爲攀紅彩書款。

A RARE AND IMPRESSIVE FAMILLE-ROSE TWO-HANDLED VASE

Seal Mark and Period of Qianlong, Qing Dynasty

H:28.3cm　11in.

清乾隆·湖緑地粉彩夔鳳勾蓮紋瓶
故宮博物院藏

17

清乾隆　绿地粉彩番蓮紋直口瓶

說明:直口，長頸，鼓腹，圈足。通體松綠石釉爲地繪粉彩紋飾，有番蓮、如意雲頭、回紋等紋，外底松石
綠釉地青花書"大清乾隆年製"六字三行篆書款。

粉彩瓷始創於清康熙朝，雍正、乾隆時期迅猛發展，雍正産品以柔麗淡雅而名重一時，乾隆器則以
色彩濃艷明麗爲特徵。清代乾隆粉彩器製作工藝精湛，以各種色釉爲地，其色彩嬌艷奪目，畫面多
爲福壽吉慶紋飾。許之衡《飲流齋説瓷》記有:"……至乾隆則華縟極矣，精巧之至，幾於鬼斧神
工……。"邵蟄民撰《增補古今瓷器源流考》記:"清瓷至乾隆而極盛，器式之多亦莫與倫比。"

形制別致秀美，釉質滋潤明亮，將彩繪與色釉裝飾巧妙結合，繪製精湛，紋飾布局勻稱，畫面清晰
明快，色彩艷麗，盡展乾隆粉彩繁縟奢華的藝術風韵，爲乾隆粉彩器佳作。陳瀏《陶雅》有:"一瓶
之式樣，千變萬化。無有窮期，故瓶獨尊於他品"之説。

參閱:《沈陽故宮博物院院藏文物精粹·瓷器卷(上)》，萬卷出版公司，2008，第277。

A RARE AND FINE GREEN-GROUND FAMILLE-ROSE VASE

Seal Mark and Period of Qianlong, Qing Dynasty

H:26cm　10in.

清乾隆·粉彩綠地蝠磬花卉瓶
沈陽故宮博物院藏

18

清嘉慶　綠地粉彩福壽吉慶圖折口瓶

説明:折沿，口邊呈如意狀，束頸，鼓腹，圈足。通體松綠石釉地繪粉彩紋飾，有番蓮、蝙蝠、戟磬、碩桃等紋，外底陰刻"大清嘉慶年製"六字三行篆書款，并塗以金彩。爲嘉慶時期官窯製品。

嘉慶時期瓷器承襲乾隆的藝術風格，其造型創新式樣少，紋飾也多采用傳統寓意吉慶的圖案，繪製技法工筆多於寫意。福壽吉慶紋飾流行於清乾隆時期，以各種色釉爲地，多粉彩描繪。蝠諧音"福"，桃喻示壽，戟、磬諧音"吉"、"慶"，故圖案寓有福壽吉慶之意，體現出清代瓷器裝飾"圖必有意，意必吉祥"的時代特徵。

此器造型別致，紋飾布局繁密，圖案化的裝飾，盡展乾隆時期瓷器奢華的藝術遺風，爲嘉慶粉彩器的上乘之作。

此形制的瓶始見於乾隆朝，有粉彩製品。

參閱:耿東昇主編《中國國家博物館藏文物研究叢書·清代瓷器》，上海古籍出版社，2007，圖版27。

A FINE AND RARE GREEN-GROUND FAMILLE-ROSE VASE

Seal Mark and Period of Jiaqing, Qing Dynasty

H:31.5cm　12 ³/₈in.

清乾隆·綠地粉彩福壽吉慶圖折口瓶
中國國家博物館藏

19

清道光　粉彩三羊開泰象耳瓶

款識:"慎德堂製"四字兩行楷書款

注:原清宮内務府三院卿慶寬家舊藏。

A VERY RARE AND FINE FAMILLE-ROSE TWO HANDLE VASE

Qing Dynasty, Seal Mark of "shendetangzhi", Daoguan period

H:67.5cm　26 ¹/₂in.

　　器撇口，長頸，溜肩，長圓腹，圈足外撇，頸部置對稱象耳，頸部綠地粉彩繪蝙蝠、雙魚、戟磬、番蓮紋樣，肩部爲如意雲紋，象耳飾以金彩，腹部通景粉彩繪三羊開泰圖，脛部綠地粉彩繪如意雲和花卉紋，足墻珊瑚紅地描金彩繪如意雲紋，外底松石綠地刻"慎德堂製"四字楷書款，爲道光官窰製品。

　　"慎德堂"是圓明園內居室之名，修建於道光十年(1830)，次年落成，是道光皇帝夏季避暑、處理政務之所，晚年主要生活在此。道光三十年(1850)，道光皇帝駕崩於"慎德堂"內。道光十一年(1831)，道光皇帝曾作《慎德堂記》。道光皇帝禦用璽印有"慎德堂寶"，常鈐於書畫之上。"慎德堂"款與"大清道光年製"六字款的瓷器製品，都爲官窰器物。傳世"慎德堂"銘款器物品種豐富，以粉彩、青花製品多見，製作精美，堪稱道光官窰器中的上品。陳瀏《陶雅》評論有："慎德堂系道光官窰，而價侔雍乾之高品。慎德堂製楷書款識，以側鋒書寫，字體秀麗。筆法工穩，以抹紅爲最多，亦有泥金者。"

　　羊，溫和儒雅，溫柔多情，自古便與先民相處的伙伴，深受人們的喜愛。中國古時羊與祥通，許慎著《説文解字》曰："羊，祥也"。吉祥多寫爲"吉羊"。漢字中的美、善等字均從羊。《説文解字》釋美："美，甘也，從羊大。羊大爲美。"在古代工藝和美術作品中，常常見到羊的形象。早期有新疆、內蒙古等地的原始岩畫，新石器時代的彩陶，商周時期的青銅器，漢代的銅器、陶器，三國時期的青瓷，唐代的陶器，宋元時期的繪畫，明清時期的各類工藝品，羊的形象屢見不鮮。

　　三羊開泰圖，爲傳統吉祥裝飾紋樣，三羊諧音"三陽"。"君爲陽"、"父爲陽"、"夫爲陽"，反映了中國古代封建宗法社會中的倫理思想。"三羊開泰"取材於《易記》："正月爲泰卦，三陽生於下。"《易泰》謂"象曰，天地交泰"，王弼注"泰者，特大通之日也"。取其否極泰來，冬去春來，陰消陽長，萬象更新之意，爲吉亨之象，多用作歲首稱頌之辭。古人云有羊年光明欣然，"太陽高照，全家康泰"。《宋史·樂志》有："三羊交泰，日新惟良"之説。

19　清道光　粉彩三羊開泰象耳瓶（展開圖）

此瓶三羊開泰圖繪艷陽高照，光芒四射，參天古樹之下，三頭白羊，神態各異，其間襯以山石、四季花卉紋等。

三羊開泰圖裝飾瓷器始於明代，嘉靖有青花三羊開泰圖碗。清代較爲流行，除繪三羊外，也畫九只羊，稱爲"九陽啓泰"。據乾隆內務府記載，乾隆八年十二月，傳旨唐英燒造膳碗外面花樣"各按時令吉祥花樣"，新年用"三羊開泰"、上元節用"五穀豐登"、七夕用"鵲橋仙渡"、萬壽節用"萬壽無疆"、中秋節用"丹桂飄香"、重陽節用"重陽菊花"等。乾隆時期以後各朝均有承襲這種制度。

粉彩始創於康熙年間，雍正、乾隆朝盛行，它以柔和細膩見長，有別於五彩的强烈光彩，稱爲"軟彩"。 許之衡《飲流齋説瓷》記有："軟彩又名粉彩，謂色彩深有粉勻之也，硬彩華貴而深凝，粉彩艷麗而逸"。 粉彩爲清代彩瓷重要品種之一 。嘉道瓷器多承襲乾隆時期瓷器的藝術遺風，燒造品種和造型創新少、紋飾多采用寓意吉慶的圖案。象耳瓶爲清代乾隆以後的典型器物。

乾隆時期，瓶尊等琢器頸肩部常附加各種裝飾性的雙耳，除有一定實用性外，還有裝飾作用，便器物趨於平衡協調，同時也增添了器物的美感，時代特徵鮮明，有鳩耳、螭耳、戟耳、象耳、如意耳、夔龍耳、鋪方耳、犧耳、貫耳、蝙蝠耳等。裝飾雙耳的工藝技法影響了乾隆時期以後各朝的器物。象耳寓有"太平有象"之意。

吉祥紋樣是陶瓷裝飾的主要內容，清代瓷繪更是 "圖必有意，意必吉祥"。所繪桃子、石榴、佛手三果紋，桃子寓有"長壽"之意，石榴寓意"榴開百子"，佛手諧音"福"，三果紋寓意多子、多壽、多福之意，故又稱爲"三多圖"。

此瓶形制高大，紋飾祥瑞，繪製精細，設色鮮艷，畫面清晰明快，鮮花綻放，枝繁葉茂，表現出大地回春，姹紫嫣紅，春意盎然的景致，令人賞心悦目，爲道光官窯罕見的精品。正如陳瀏《陶雅》稱道："慎德堂爲道光窯中無上上品，足以媲美雍正。質地之白，彩畫之精正在伯仲間"。

20

清道光　粉彩昭君出塞圖瓶

説明:直口、溜肩、鼓腹。器通景粉彩繪昭君出塞圖，器外底松石綠釉地陰刻"慎德堂製"四字二行楷書款。

昭君出塞是中國漢代發生的歷史事件。王昭君，名嬙，字昭君，爲西漢南郡秭歸人(今屬湖北)，17歲時被選入宮待詔。元帝時改稱"明君"或"明妃"。公元前54年，匈奴呼韓邪單於同西漢結好，并向漢元帝請求和親。王昭君深明大義，主動"請行"出塞和親。她到匈奴後，被封爲"寧胡閼氏"(閼氏，爲匈奴語，音焉支，意爲"王后")。後來呼韓邪單於在西漢的支持下控制了匈奴全境，從而使匈奴同漢朝和好達半個世紀。"邊成宴閉，牛馬布野，三世無犬吠之警，黎庶無干戈之役。"

所繪昭君出塞圖，怪石林立，古松參天，昭君策鞭騎馬出塞，侍從隨後。塞外獵人騎馬狩獵，驚恐的奔鹿、張望的野兔，描繪出一幅生動的塞外風景。用筆豪放不羈，淋灕奔放，人物衆多，惟妙惟肖，形神皆備，達到出神入化的地步，展示出灑脱飄逸的藝術風格。

粉彩是清代彩瓷品種之一，始創於康熙年間，雍正、乾隆朝盛行。也爲嘉慶道光時期瓷器生產的主要品種。施彩、紋飾等仍襲乾隆器的遺風，裝飾紋樣廣泛，除了花鳥魚蟲、山水走獸外，也采用以古典小説、歷史故事爲題材的圖案。

"慎德"爲清代時期的堂名款。慎德堂座落於圓明園内，修建於道光十年(1830)，次年落成，爲道光皇帝夏季避暑、處理政務之所，晚年主要生活在此。道光三十年(1850)，道光皇帝駕崩於"慎德堂"内。"慎德堂製"款的瓷器爲道光禦用品，製作工藝精細，陳瀏《陶雅》記有:"慎德堂爲道光窰中天上上品，足以媲美雍正，質地之白，彩畫之精，正在伯仲間。……慎德堂系道光官窰，而價侔雍乾之高品，亦一時風尚使然……。"'慎德堂製'楷書款識，以側鋒書寫，字體秀麗。"筆法工穩，以抹紅爲最多，亦有泥金者"。

器形體高大，端莊規整，氣勢宏偉，紋飾繪製精工，構圖疏密有致，施彩艷麗，爲罕見的清道光粉彩大器，爲上乘佳作。

A VERY RARE AND FINE FAMILLE-ROSE VASE

Qing Dynasty, Seal mark of ShenDeTangZhi, DaoGuang Period

H:63cm　24 ³/₄in.

20　清道光　粉彩昭君出塞圖瓶 (展開圖)

20　清道光　粉彩昭君出塞圖瓶（局部一）

20 清道光 粉彩昭君出塞圖瓶（局部二）

責任編輯：郭維富
責任印製：王少華

圖書在版編目（CIP）數據

德善堂家族藏瓷珍品/耿東昇主編.—北京：文
物出版社，2008.5
　ISBN 978-7-5010-2479-7

　I.德…　II.耿…　III.官窯—瓷器（考古）—簡介—中
國—明清時代 IV.K876.3

中國版本圖書館CIP數據核字（2008）第063399號

德善堂家族藏瓷珍品

主　　編：耿東昇
出版發行：文物出版社
地　　址：北京市東直門內北小街2號樓
http://www.wenwu.com
E-mail:web@wenwu.com
郵　　編：100007
經　　銷：新華書店
製版印刷：深圳雅昌彩色印刷有限公司
開　　本：889×1194毫米　1/16
印　　張：4.5
版　　次：2008年5月第1版第1次印刷
書　　號：ISBN 978-7-5010-2497-7
定　　價：380圓